JOURNEY TO THE WEST : JUNIO

西遊耍家

U0053532

平慧 / 健樂：小說　※　鄧本邦：繪畫　※　吳承恩：原著人物

目錄

登場人物 介紹

唐僧

氣定神閒，溫和有禮，是得道的高僧。

悟空

曾因為大鬧天宮被罰前往西天取經，又名齊天大聖，擅長七十二變，具有金精火眼，一眼就能看穿真假。

八戒

曾為天蓬元帥因犯事被貶下凡，為玄奘的二弟子，擅長三十六天罡變，喜愛美食，為懶散，又名八戒。

沙僧

曾為捲簾大將軍，同樣因犯事被貶下凡，為玄奘的三弟子，為人無主見，又名沙僧。

登場人物　介紹

温蒂　◯

嬌小可愛，但目光如炬，給人一種在她面前藏不了心事的感覺。

卡夫・卡華 ◯

卡華古堡的承繼人，亦是卡華古堡旅館的總負責人，具有貴族血統，為人親切、大方，是一把令人感到高雅從容的人。

哈迪斯

卡華古堡旅館的保安兼侍應，高大壯碩、外表凶狠、熱心衝動。

祖樂比

卡華古堡旅館的廚師長，外型稍為肥胖，最大喜好就是食。

雲狄斯

國家學院的地質研究生，在卡華古堡旅館兼職清潔工，身材不高、瘦瘦弱弱。

1. 初到貴境

正午的陽光份外耀眼，天上藍**天**　**雲**，一看就令人心情開朗，看著前面的大路，卡夫。卡華擦了擦**額頭**上的**汗**，自言自語的道：「不知道今年正午過後第一組路經此地的是甚麼樣的客人呢，真令人期待呢！」

等了一會兒，遠方的路上終於來了四個**衣著奇特**的身影，細心一看四人穿的衣

服，並不像本國常見的，反而充滿了異鄉風情，感覺上就像古代**苦行僧**的變異版，不過還來不及再仔細思考，四人已經來到了不遠的前方。

「午安，我是卡夫‧卡華，遠道來的客人，不知道我是否有榮幸能夠邀請各位，前來卡華旅館渡過今年的自然**落日節**。」卡夫‧卡華一邊迎向四人一邊說。

「阿彌陀佛，午安‧卡夫先生，非常榮幸

接受你的邀請，貧僧唐僧，這是我的弟子悟空、八戒、沙僧。」四人中給人的感覺最為**安祥**，散發著**親和**氣質的年輕修士介紹道。

「卡夫先生，你好。」悟空、八戒、沙僧三人齊聲說道，一行人邊行邊聊，這時卡夫・卡華才知道，眼前這四位穿得**奇奇怪怪**的人，原來真的就像他第一眼時的**直覺**那樣，是入世修行的僧人。現今世界修行之人甚少，今次能邀請到他們，實在是非常難得。

2. 失竊的藝品

在卡夫先生的帶領下，一行人坐上了卡夫先生的**馬車**，在經過約 15 分鐘後，通過前方的小樹林。一眼望去豁然開朗，就見到由石頭所築成，四周都充滿歷史氣息的古堡 —— 卡華古堡旅館。

據卡夫先生所講，卡華古堡一直由他們家族所擁有，後來由他父親爆米花。卡華改建為旅館，不過就算已經改建為旅館，卡華古堡都不是全面開放給旅客，現時就只有東閣的部份可以入住。

卡華古堡旅館

　　卡華古堡旅館在每年的自然**落日節**這天都會暫停營業，不過他們每年依然會遵從自建堡以來的傳統，於這天邀請正午時分過後第一批路過的客人，一起來**慶祝**這個每年最令人**放鬆**，能休閒地感謝自然之力的節日，而今年的貴客自然就是遠道而來的四師徒。

　　下車後，通過兩旁充滿紫色小花的路徑，眾人踏入了略為清涼的旅館之中，當他們走到大廳附近時，就見到一名高大**壯碩**，面露恐慌的中年男子邊跑邊向他們大叫道：「不好了！不好了！卡夫先生，粉紅棉花糖不見了。」

　　「粉紅棉花糖？」自稱為悟空，一路**蹦蹦跳跳**，感覺非常好動的他，側望著卡夫先生問道。

「聽起來好似很好吃」某徒弟甲用手碰碰嘴角。

「是啊，是啊！」某徒乙點頭表示同意。

「不！粉紅棉花糖，不是**食物**，請各位等等」卡夫先生**回頭**向四師徒打出一個請稍等的手勢，並且走向面前的中年男子道：「哈迪斯，發生甚麼事了？」

「剛剛粉紅棉花糖被一群蒙面人搶走了！」哈迪斯邊說，邊急急忙和卡夫先生前往中央大廳。

旅館的中央大廳位於古堡的南面，樓底約有兩層至三層樓高，其中一面全是落地玻璃窗，可以直接望到古堡外面的花園，中間對上，是一座巨型的水晶吊燈，而吊燈下方放置了一個全透明，又高又長的大型長頸款的玻璃花瓶，花瓶本身除了透光度較高外，設計很普通，花瓶裡面又沒有水，又沒有花，甚麼都沒有，但偏偏要放在中心的位置，不單止奇怪，而且更和古堡的風格格格不入。

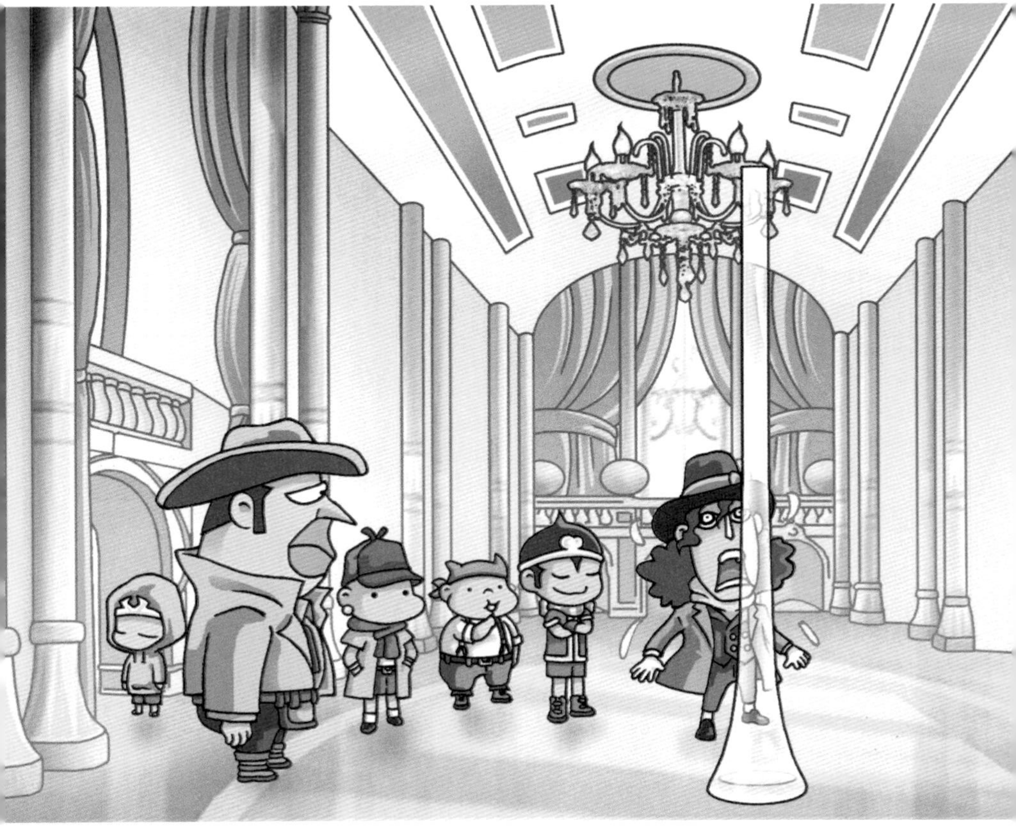

這時望到花瓶內甚麼都沒有的卡夫先生，一面激動的搖著哈迪斯一邊說：「真的不見了，到底事情是怎麼發生？」

深吸了一口氣，哈迪斯狀似略為思考後，便慢慢的說道：「今日下午食過午餐，我就打算和平時一樣，先在旅館巡視檢查一圈後，就去準備自然落日節的場地，和客人的房間，誰知走到中央大廳時，就見到三個蒙著臉，戴著手套的人衝出來，他們先把我綁在椅子上，再用手帕塞住了我的嘴，直

到剛剛我才鬆綁逃脫，回頭一看，發現放在玻璃瓶內的粉紅棉花糖已經不見了，本來我想去找其他人幫忙，不過剛出來就見到卡夫先生你了。」

「卡夫先生到底你們指的不能食的粉紅棉花糖是甚麼一回事？」終於忍不住問的八戒好奇的問道。

「八戒，不要煩卡夫先生！」唐僧連忙打斷八戒的提問？

「唉！其實所謂的粉紅棉花糖，只是一種叫芙明粉晶的晶體，芙明粉晶外表和普通的粉紅色半透明晶石差不多，不過因為先祖覺得此晶中心一團的**花紋**，遠看時像棉花糖，加上又是**粉紅色**，故稱之為粉紅棉花糖，除了外型漂亮外，它最特別的地方，是會不定時的在半空中飄浮。」

奇夫先生似乎已經從知道消息後的驚愕，迅速的鎮定下來。

「嘩！可以飄浮在半空中的寶石，一定是好貴，難怪會惹來賊人的掂記。」八戒一邊吃著從旁邊取來的水果，一邊可惜的說。

「其實明石芙明粉晶算是肯州此地的特產，雖然產量少，但亦不是甚麼太過**貴重**的玩意，不過這顆被稱為粉紅棉花糖的芙明粉晶對我們家族來說，不是普通的粉晶，而是帶來氣運的**鎮宅之寶**，在我們的立場來講當然是很重要，但是以外人的角度來看，實在不值得費如此大的**功夫**去奪取。」奇夫先生再次為想不通的意外事件嘆了口氣。

　　這時悟空望了望哈迪斯面上的新傷問道：「哈迪斯先生，你面上的傷痕是怎麼來的？要不要包紮一下？」

　　有點心不在焉的哈迪斯用手摸了摸面上的**傷痕**說:「這是剛剛被蒙面賊人弄傷的，不要緊，只是皮外傷罷了。」

　　「看來像是**用刀**子割傷的?」悟空道。

　　「不是，是與賊人打鬥時，被他手上的戒指劃到，」哈迪斯說道。

「哈迪斯先生，你還記不記得，那三個蒙著臉的人有甚麼特別的地方，又或者他們有沒有說過甚麼話？做過甚麼奇怪的事？」正在察看四周的悟空邊查探邊繼續問道。

「哎呀！因為看到他們的時間實在**太**短，除了剛開始時見到他們一身**黑色**衣著外，其他的己經記不大清楚了，」哈迪斯接著說。

「哦！哪衣著款式、三人高度，外型，一點有用的資料都想不起來？」悟空繼續隨意說道。

「我……我……我頭有點暈，唉！現在腦海中一片空白，對不起！實在是甚麼都想不起來。」哈迪斯邊答邊拍拍自己的頭，彷彿甚麼都記不起。

現場環境很**整齊**，除了卡夫先生家族的鎮宅之寶不見外，其他地方都沒有留下任何線索，如果不是哈迪斯先生的證言，沒有人會相信這裡剛剛發生了**強盜**入屋事件，看來，賊人的行動不單快速，還很有計劃性。

　　因為粉紅棉花糖本來是放在大廳中間長頸款的玻璃瓶內，雖然它有時會在半空中飄浮，但是晶石離地面的飄浮高度並不是太高，而玻璃瓶本身又長又窄，頂多飄浮在中間位置的晶石，一般人就算想伸手去偷，根本就碰不到，因為瓶口太窄，成年人手伸不進去，小朋友的手就算能伸進去，但又唔夠長，在玻璃瓶未破，而又被固定在中間位置的情況下，如果沒有使用任何特殊的道具，怎麼也想不通賊人如何可以快速得手。

ISOMETRIC

2.727mm

DT 01 PINK MARSHMALLOW 'S VASE

TOP VIEW

290mm
30mm

40mm
300mm

BOTTOM VIEW

30mm

300mm

ELEVATION

SECTION

DETAIL

PINK MARSHMALLOW DETAIL

ISOMETRIC

FRONT VIEW SIDE VIEW BOTTOM VIEW

TOP VIEW

REVISION :

PROJECT TITLE :

PINK MARSHMALLOW 'S

DISPLAY GLASS VASE

DRAWING TITLE :

PINK MARSHMALLOW 'S DISPLAY GLASS VASE (DETAIL)

CAD REF :	CAD/PMV-DT01
NG BY :	PREFESSOR .B
BY :	PREFESSOR .B
Y :	PREFESSOR .B
	29/06/2017
	PMV-DT01
	-

29

「大師兄、有沒有辦法追查到賊人？」八戒好奇地問道。

「**嘿！嘿！嘿！**大師兄我雖然暫時未知賊人在哪裡，但是眼前，明顯就有人講大話！」悟空眼睛一閃道。

聽到悟空所言，卡夫先生一臉**震驚**地望望哈迪斯和悟空。

「你不要亂說話，你憑甚麼話我講大話！」哈迪斯慌張起來道。

「悟空！慎言！」唐僧有點擔心的望著悟空說道。

「師傅，放心我不會亂說的」說完後轉頭對哈迪斯道：「呵呵呵！你沒有講大話的話，為甚麼現在那麼緊張。」

「有沒有人能告訴我，到底是怎麼一回事。」卡夫先生向悟空一行人問道。

「簡單的講，哈迪斯先生，你實在是一個 **差勁** 的戲子！」悟空說：「戲子？」哈迪斯先生，卡夫先生兩人眼中透出一片茫然。

「師兄師兄，這個地域叫戲子做 **演員** 啊！你講戲子他們聽不懂呢。」八戒連忙向悟空傳音道：

「對不起！再講清楚一點，哈迪斯先生，你實在是一個不合格的**演員**，戲假都算啦！編的故事更加是**錯漏百出**，完全站不住腳，一點都經不起**推究**。」

悟空突然就地一翻，一手指向哈迪斯先生，這突然如來的動作，嚇得哈迪斯先生慌忙退後了兩步。

「唉！實在是到處都是**破綻**，一時之間真的不知道從何說起，唔……那就先講講你面上的傷痕好了。」悟空瞇起了眼笑了笑道。

「你還記得你一開始是怎麼說的嗎？三個蒙著臉，戴著手套的人？」

悟空伸長手，把手掌對著哈迪斯比了個三字再拍了拍手掌心說：「我就不明白，為了犯案而戴上手套的賊人，為甚麼會在手套外再戴上戒指，偏偏你就被這枚不應該存在的戒指劃傷，你說是不是很奇怪呢？」

「哪裡奇怪，可能是那個賊人習慣戴**戒指**，也有其他的可能。反正這證明不了甚麼！」哈迪斯猶豫了很久才悶聲地回道。

「哪好！就算這裡沒問題，你剛才不是說，他們先把你綁在椅子上，再用**手帕**塞住了嘴，而剛剛**鬆綁**逃脫，就遇到了我們。

　　但是大家看看四周，現場環境可以說是非常之**整齊**，不單止看不出剛剛有三個賊人來過，就連你哈迪斯先生，你曾經被綁以及掙扎過的痕跡，我們通通都看不出來，難道剛才你**鬆綁**後，還有心情先清理現場後，才出來找人「悟空接著說：我看連你面上的傷痕都很有可能，是你自己用手上的戒指劃傷，為的就是要讓人覺得你和賊人**打鬥**過。」

　　「哈迪斯你告訴我這到底是怎麼回事，難道事情都是你做的？」卡夫先生歎了口氣問道。

　　「不是的，不是的，不是我做的！」哈迪斯邊搖手邊叫道。

「分明就有問題，不是你做的，也一定和你有關。」八戒想也不想地說。

而站在身邊的沙僧亦邊**點頭**邊贊同地道：「是啊！是啊！。」

「事情不是這樣的。」哈迪斯**垂眼**看著地面良久，終於他嘆了口氣道：「賊人入屋以及我被綁的事情，的確是我臨時編的，不過我是因為**心急**才會這樣說的。」

「今日下午食過午餐後，我就打算和平時一樣，先在旅館巡視**檢查**一圈，但是在走到大廳時，我突然覺得非常**疲倦**，站都站不穩，連忙找了張椅子坐下，坐下之後不久，眼前一**黑**，就暈了過去，醒來時發現大廳中間的粉紅棉花糖已經不見了，偏偏在我內袋中就多了一袋金幣。」哈迪斯邊說邊從衣服內袋中淘出一個裝滿金幣的小袋子，遞給了卡夫先生。

卡夫先生接過小袋子打開後拋了拋，發現裡面裝了大約500個金幣．不由得懷疑地道：「偷晶石哪人還留下買晶石的錢？」

「卡夫先生，要買像你那顆晶石大小和**品質**的芙明粉晶，500個金幣算多還是算少？」悟空問道。

「一般來講，在市面上差不多大小和品質的芙明晶石大約400~500個金幣就可以買到，個別**花紋**較為特別的，價錢可能就會高出些少，但絕對不會太多，頂多是50個金幣左右的差價，」卡夫先生答道。

「這樣說來，今次的事件，是有人想要強買卡夫先生家族的晶石，而哈迪斯先生你就為了想要**獨吞**那500枚金幣，而編造了剛剛的故事？」悟空指了指金幣又指向哈迪斯先生說道。

「不！不！不！我還未講完，其實先一陣子，的確是有人**拜訪**卡夫先生要求購買粉紅棉花糖，不過當時已經給卡夫先生一口拒絕。」哈迪斯望了望卡夫先生，卡夫先生點點頭並且說道:」確有其事，我記得那位女仕好像叫温蒂。她來過旅館兩次，不過粉紅棉花糖，是我們家族的鎮宅之寶，多多錢我都不會考慮。

「十幾天前，哪位女仕找到了我和祖樂比，並且說願意付 1000 枚金幣甚至更多，來粉紅棉花糖，不過我和祖樂比當時都沒有答應，但是我們私底下就有討論過此話題，並且認真地研究過，如果真的要偷晶石的話，要用甚麼方法才好。」哈迪斯嘆了口氣繼續說。

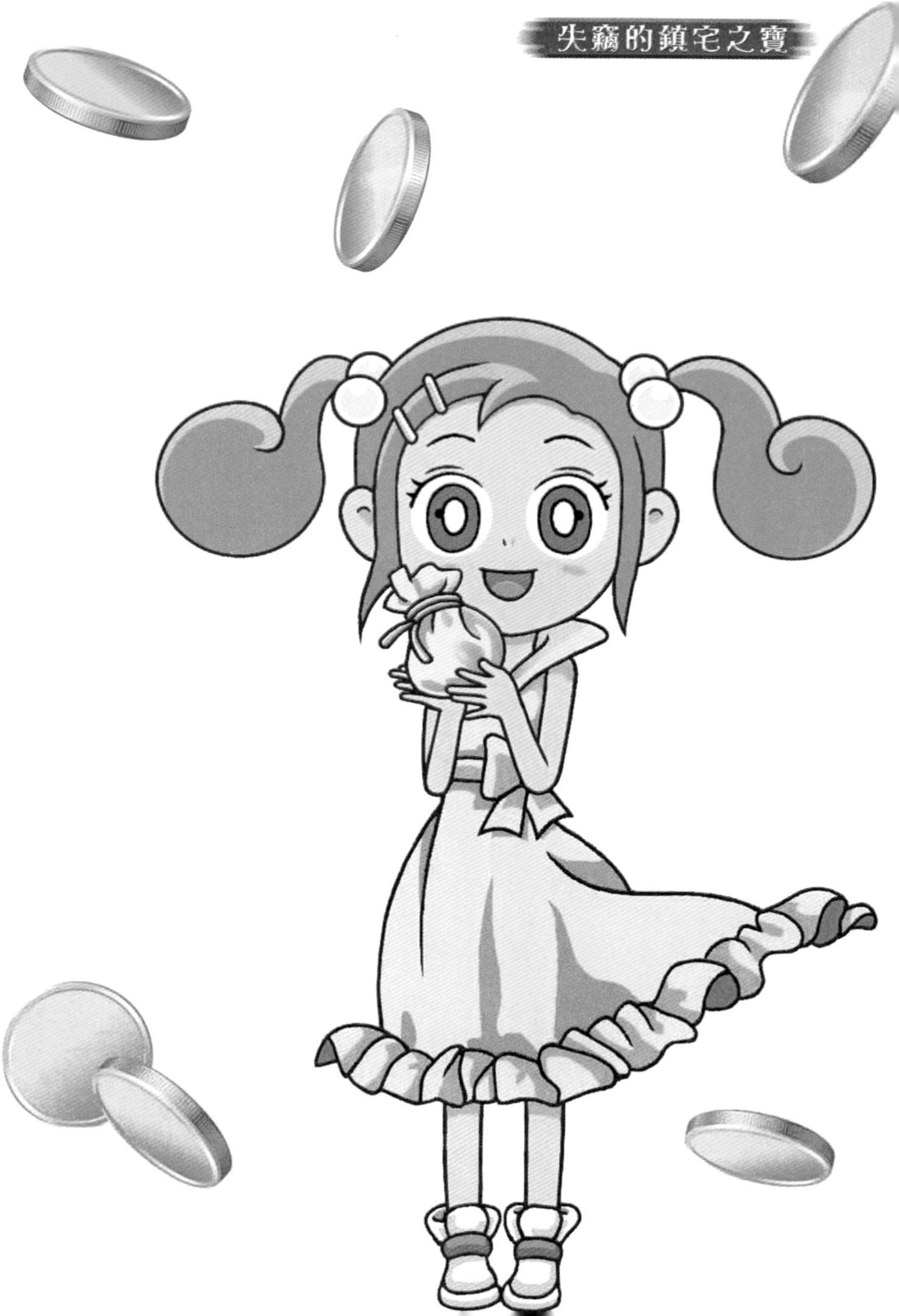

　　我記得當時講過的方法之中，其中有一個就是先收起粉晶，再在午餐內落**安眠藥**，將我們兩個都**弄暈**，之後再讓卡夫先生發現我們。哪樣卡夫先生就不會懷疑失竊事件和我們有關。

　　「所以當我醒來時，發現我暈倒的情況像是食了被人落了藥的午餐，轉頭又發現晶石不見了，偏偏身邊又有 500 枚金幣，我第一個**念頭**就是，這事是祖樂比做的。」

　　「所以當我清醒後，便第一時間離開大廳，當時我其實是想去找祖樂比，看看是否能制止他交出晶石。不過那時我一出大廳就

遇到了你們，因為不想卡夫先生知道偷晶石的人是我們，所以我才會編了個有賊人出現的故事。」哈迪斯說完後有點**後悔**的道。

「對不起，請問你們所講的祖樂比是誰，」悟空向卡夫先生問道。

「祖樂比是我們旅館的大廚」他從學徒時期就在旅館裡工作，他應該知道粉紅棉花糖對我們旅館是幾重要，我不相信他會這樣做。卡夫先生說道：「現在說甚麼都是言之**尚早**，不如我們先找到祖樂比先生，先看看情況後再說！」唐僧建議道。

3. 多出來的查作

「好！也只能這樣了，如果哈迪斯的推測沒錯，祖樂比現在可能依然**暈倒**在廚房裡，我們先去看看吧！」卡夫先生說完後，就領著大家一同趕往廚房。

來到廚房，果然看到一個外型稍為**肥胖**的人，躺在中央的實木雕花料理枱上，一動也不動，看來他就是廚師祖樂比先生。

「祖樂比～祖樂比～你醒醒，祖樂比～祖樂比～」看到**昏迷**中的朋友，哈迪斯連忙上前查看，並且不斷搖動他，企圖將他喚醒。

搖了一會兒，祖樂比終於有反應。

「哎呀！哎呀！不要再搖我啦！你搖到我頭都暈啦！」祖樂比從昏睡中轉醒，邊說邊抱著頭一臉未睡醒的樣子，喃喃自語道。

「祖樂比！大件事啦！剛才粉紅棉花糖被人偷走了！」哈迪斯在祖樂比耳邊大聲的說。

甚麼？哈迪斯你真的偷走了晶石？祖樂比整個人跳了起來，一臉愕然的望著他。

「啊！卡夫先生你也在此！」這時才看到

卡夫先生的祖樂比，嚇得連忙將雙手掩蓋著嘴巴。

「對不起，哈迪斯，我又講錯話了。」說完之後，祖樂比轉身對卡夫先生邊搖手邊說：「卡夫先生，我剛才只是說**夢話**，不是真的，不是真的！」

聽到祖樂比的說話，哈迪斯知道他**誤會**他了，握著他的手對他說：「果然不是你，不過也不是我做的。」

「哈迪斯你講甚麼你的我的，我聽不太懂呢？」祖樂比一臉頭大的說道。

這時卡夫先生就把剛才在大廳時所發生的事，詳細的再說了一次。

「**哎呀！**居然發生這樣的事，不過卡夫先生你要相信我，這事不是我做的。」祖樂比**緊張**地對卡夫先生說道。

「祖樂比，不要緊張，我們會盡快查明今

次的事件，我相信你沒有做過。」卡夫先生拍了拍祖樂比的肩頭，**安慰**的說道。

「祖樂比先生你還記得你是甚麼時候睡著的？」悟空好奇的問道。

「這幾位是……?」祖樂比一面**疑惑**的看了看面前幾位陌生人後問道。

「這幾位是今年受邀來參加節日的貴賓，唐僧修士以及他的三個徒弟，悟空、八戒、

沙僧。」卡夫先生接著說，「這幾位修士先生們的**分析**能力都很好，祖樂比你就把你知道的通通說出來吧！」

「知道了卡夫先生。」祖樂比點點頭說。

「那麼祖樂比先生你還記得今日你昏睡前後所做過的事情嗎？」悟空再次開口的問道。

「今日我同平時一樣，都在廚房準備大家的午膳，在吃完飯後，原本是打算再到菜園採集一些新鮮蔬菜以備之後使用，誰知道沒過多久，就覺得整個身體變得很沉重，很想睡覺，當時我只認為是普通的飯氣攻心。加上實在是太累了，我便伏在桌上，打算稍為休息一下，當我再有意識時，就已經是剛才見到哈迪斯的時候了，」祖樂比說道。

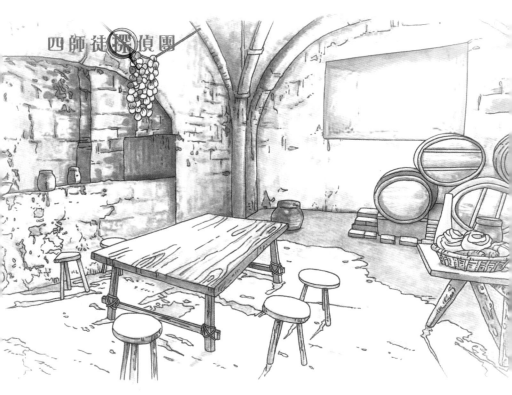

　　旅館的廚房相當之大，到處都是實木雕花木材製作而成的廚櫃，設計優雅之中，又帶點 **古典** 的感覺，和古堡的風格相當配合。一眼看去都處都放置了食材，不過在廚房枱上，還放置了一份未食完的餐點，看來是剛才祖樂比先生午餐時所剩下的。

「這樣說來，你和哈迪斯先生兩人，都可能是進食過被落了**安眠藥**的午餐了。」悟空沉思了片刻想了想，最後指了指廚房枱面上。祖樂比先生所剩下的餐點對八戒說道：「八戒你過去檢查看看！」

「好的！大師兄。」八戒大聲的應道。

走到廚房枱後，八戒東聞聞，西看看，忙碌了一番後，終於點點頭對悟空說道：「大師兄。他們的午餐果然被人做了手腳，落了一種會讓人昏睡的藥物 — **海金花**。」

「海金花？」眾人齊聲問道。

「沒錯！是海金花，海金花又名陀陀曼，本身具有**毒性**，但是少量的使用，可令人在短時間內入睡同失去**意識**，不單無副作用，因為本身無強烈味道，放入食物中，不

易被人察覺，絕對是居家旅行必備之物。」

八戒雙眼明亮，全身發放著充滿**機智與自信**的光芒說道。

「二師兄，你太有智慧啦！」沙僧深感佩服地道。

「嘿⋯⋯嘿⋯⋯嘿！八戒這是你的經驗之談吧！」悟空搖頭笑說。

「大師兄，你知道我以前的法術時好時壞，為了安全當然要學一些其他的招數旁身啦！而且我又喜歡食，所以一切和可以食入口有關的，我都有興趣，更何況這種藥草是可以賣錢的，**落藥**這種小事，實在是太難逃過我的目光，」八戒自信滿滿地道。

「好啦！好啦！就你最屬害啦！」悟空揮揮手，繼續分析的說：「這樣看來，小偷是一早就知道下午的時候卡夫先生會外出接人，所以趁著卡夫先生離開時，就向古堡中的人落藥，而小偷就利用這段時間，輕易的將目標物偷走。」

想了一會後悟空向卡夫先生問道:「卡夫先生現時旅館,除了現場的人外,還有誰留在這裡。」

「因為今日是**假期**,旅館不對外開放,而我的家人又剛好因為有事沒有回來,所以除了現場的人外,就只剩下一個**清潔**工雲狄斯。」卡夫先生回答道。

「對了，今日來過廚房的有那些人？」悟空向祖樂比先生問道。

「只有來取午膳的哈迪斯和雲狄斯，」祖樂比答道。

悟空**沉思**片刻問道：「我想現在應該是先和雲狄斯先生談談，有誰知道這時雲狄斯先生在那裡嗎？」

「悟空先生，我想我知道。」

祖樂比**舉起手**向悟空示意道：「剛才正午的時候，雲狄斯下來取午膳時說，他有點

不舒服，要先回房休息一下，我想他現在應該在員工宿舍，而且如果他亦有食那份加了料的午膳，那麼在沒有人叫醒的情況下，應該仍在香睡吧！」

「那麼現在我們先去探一探雲狄斯先生的情況吧！」悟空說道。

正當大家要離開廚房時，祖樂比突然大叫並且說:「**金幣**呢?」

「甚麼金幣啊?」一時之間眾人都有點摸不著頭腦。

「剛剛你們不是說，哈迪斯醒來後，身邊有 500 枚金幣嗎，照你們的**分析**，那袋金幣很有可能就是那位找我們偷東西的溫蒂女仕放的，不過當時溫蒂女仕講的賣價是 1000 枚金幣，在可以

不放金幣的情況下，既然她都付了，那麼另外一半金幣不是應該在我這裡嗎？」

聽到這裡，覺得有理的眾人連忙到處查看，可惜到最後都找不到另外一個小袋子。

見到這個情況，八戒想了想後說道「呵呵呵！可能是因為你們根本沒有偷東西，所以溫蒂女仕只放了一半的金幣，這個不是賣晶石的錢，這個是掩口費。」

「也可能是小偷根本不是溫蒂女仕。」卡夫先生說道。

「可能性實在太多啦，這時候最重要的還是先去找雲狄斯先生吧！」悟空說道。

4. 雲狄斯的敵室

當急急忙忙的眾人，來到雲狄斯的房間時，就發現雲狄斯果然如同大家所料，在床上**昏迷不醒**。

「雲狄斯你醒醒啊，雲狄斯你醒醒啊！」正當祖樂比努力叫醒雲狄斯時，悟空一行人亦打量了雲狄斯片刻。

雲狄斯看起來**斯斯文文**，身材不高又瘦瘦弱弱，雖然十分年輕，但總給人一種「肩不能挑，手不能提弱」書生的感覺。

「卡夫先生，雲狄斯先生的身體似乎很差，雖然看起來很年輕，但是又瘦又弱，為甚麼你會請他來做，這份相當需要**體力**的清潔工作呢？」悟空問道。

「其實雲狄斯的身體一向相當不錯，而且他亦不是長工，他本身是國家學院的學生，來這裡是做**地質研究**，每年的自然落日節前後都會來這裡研究順便當兼職，以工換宿，連同今年在內已經做了第三年了，是一個做事很仔細的年輕人，」卡夫先生答道。

　　這時雲狄斯已經被祖樂比他們吵醒了，一行人**吵吵鬧鬧**的，將剛才所發生的事，一一告知。

　　「你好悟空先生，我叫雲狄斯，請問我有甚麼可以幫到大家？」雲狄斯口氣溫和的道。

　　「那麼雲狄斯先生麻煩你回憶一下，今日午飯前後所發生的事，」悟空說道。

「因為今日旅館放假的關係，大部份的地區其實一早就**清理**妥當，所以在宿舍清理得差不多時，我就先去廚房取了午餐，打算在午餐後小睡一會，並且等醒來後再完成其他的工作，所以食完午餐後，很快我就睡著

了，直到剛剛你們來找我為止.」雲狄斯答道。

「關於粉紅棉花糖或者今次的事情你有甚麼看法，又或者最近有沒有留意到甚麼特別，或**不尋常**的地方，」悟空繼續問道。

「印象中粉紅棉花糖是一顆很漂亮的**粉晶**。除此之外我都沒有太多其他的想法，旅館不見了粉晶確實有點可惜。

　　至於特別的地方，這幾天晚上我都在**分析**研究附近的地理數據，對於其他事，其實我不太清楚，感覺上同之前差不多，沒發現甚麼特別之處。」雲狄斯回想了一下後答道。

　　悟空查看了一下雲狄斯的房間，房間和一般的員工宿舍大小差不多，房中除了放置了床，書桌和衣櫃外就沒有其他大型的家具，桌面上確實有不少書和紙張，還有一份已經食完的午餐，而地面這時還放置了**吸塵機**同少量的**清理**工具，看來確如雲狄斯本人所講的那樣，之前的整理工作仍未完成，而昨天晚上他亦在做研究。

這時八戒走到桌子旁，聞了聞桌上的餐盤對悟空說：「師兄有淡淡的**海金花**味道。看來雲狄斯先生同其他人一樣，都被落藥迷暈。」

思索了一下後，悟空向卡夫先生問道：「卡夫先生，你現在 打算 怎麼做？」

「其實我都知道要找回粉紅棉花糖是有點難度，就算我知道很有可能是那位温蒂小姐，請人或者自己偷的。

更何況她留下了粉晶的錢，就算真的找到了晶石，只要她說是用錢光明正大的買回來的，我要取回亦絕不容易。

雖然很可惜，但是回心細想，粉紅棉花糖己經保佑了我們家族多年，今次的事件可能正好代表我們的綠分己盡，凡事不能強求，悟空先生，你們己經盡力了，謝謝你們的調查，要身為客人的你幫忙，真是過意不去，不如我先帶大家去客房休息。

等今晚再和我們一起慶祝自然落日節。卡夫先生邊微笑邊伸手做了個**邀請**手勢。

「阿彌陀佛，卡夫先生你能這樣想就太好了。」唐僧**合掌**說道。

「等等……誰說我不知道犯人是誰，以我老孫的智慧，沒有事情是解決不了。」悟空自信滿滿地拍拍心口說道。

　　「大師兄連我都知道犯人就是那個溫蒂小姐啦！但是知道又如何，不能在事發現場捉到她，很難取回失物呢？」八戒不以為然的說。

　　「是啊！是啊！大師兄沒有辦法呢。」沙僧同意的點點頭說。

「你們啊～其實真相就在我們眼前，真正的**小偷**就是你。」悟空**氣勢磅礡**的用手一指，指向了站在前方的雲狄斯先生。

「甚麼雲狄斯是小偷，悟空先生你會不會搞錯了。」卡夫先生帶有疑問地道。

「悟空先生，你會不會誤會了甚麼。」雲狄斯有點緊張的說道。

「八戒你去**檢查**一下吸塵機，特別是機內的垃圾袋，粉紅棉花糖，應該就在那裡，」

悟空指了指吸塵機，並且說出令人大吃一驚的話。

「知道了！大師兄。」八戒**高聲**的應道，並且細細的檢查了一番，果然在機內的垃圾袋中找到了據說已經不見了的粉晶。八戒將粉

晶拿給了非常激動的卡夫先生並且轉頭向悟空問道:「大師兄,你怎麼知道雲狄斯是小偷。」

這時己經檢查完粉晶的卡夫先生亦說:「這的確就是我們家族的**鎮宅之寶**粉紅棉花糖,悟空先生你到底是怎麼知道的?」

　　「雲狄斯先生……不應該話是溫蒂小姐，我說得沒錯吧！」當悟空說完這句話後，更令人驚訝的一幕出現在眾人眼前，只見雲狄斯先生的四周像是被一層**水紋薄膜**所包圍，當水紋薄消失後，原本雲狄斯先生的位置已經被另外一位陌生的女仕所佔據。

　　「溫蒂小姐！」卡夫先生大叫，並且一面的不可思議的說：「到底發生了甚麼事，這是假的吧！」

　　「大師兄，有**妖氣**！」八戒半身斜斜的擋在唐僧的前面，並緊張地道。

「呵呵呵！八戒鎮定一點，温蒂小姐只是半妖，最多只能用一些小法術，無妨。」這時悟空轉頭對卡夫先生說：「卡夫先生，今次的事件，如大家所見，犯人當然就是扮成雲狄斯先生的温蒂小姐。」

「大師兄你為甚麼會知道偷東西的是那個假的雲狄斯。」八戒指了指站在旁邊的温蒂問道。

悟空滿臉自信地說：「其實今次的事件，很明顯就是內鬼所為，原因很簡單，首先犯人能夠清楚知道卡夫先生離開的時間，又

可以趁機落藥，並且偷走晶石。能夠在短時間內完成這三件事的，絕對不可能是外人可以做到，就算做到，那亦需要得到內鬼的幫助，所以從一開始所有在**旅館**中的人，包括哈迪斯先生，祖樂比先生以及雲迪斯先生，三個人都有**嫌疑**。」

　　當然你亦可以話這其實是卡夫先生**自編自盜**，但是我看不到他的犯案動機，反而其他人的犯案動機就明白簡單得多，明面上的可能是為錢，「而暗地裡可能是為了**報復**旅館或者只是單純的開玩笑。」

　　「但是大師兄這樣三人都有動機，我還是想不通你是怎麼能一眼就找出了犯人？」八戒不明所以的說。

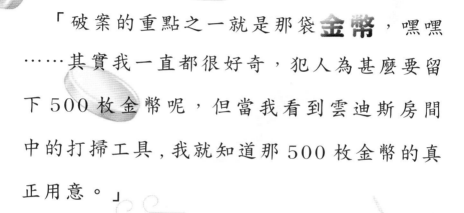

「破案的重點之一就是那袋**金幣**，嘿嘿……其實我一直都很好奇，犯人為甚麼要留下500枚金幣呢，但當我看到雲迪斯房間中的打掃工具，我就知道那500枚金幣的真正用意。」

悟空深吸一口氣繼續道：「溫蒂小姐一開始在哈迪斯先生身旁留下500枚金幣」並不是甚麼買晶石的錢或者是她良心發現，相反的，她是希望，那500枚金幣會引導哈迪斯先生做出一些對她有利的事。

因為在發現**金幣**後，無論哈迪斯先生是想獨吞那筆錢，還是他誤以為事件是祖樂比先生做的，他都有可能因此而編造出對他有利的故事。只要他編了故事，就正好為溫蒂小姐引開了大家的**注意力**。而且就算他沒有編故事，照直講出事實的真相，亦只會將大家懷疑的目光引向了祖樂比先生，可以說

只要有那袋金幣在，哈迪斯先生和祖樂比先生就會成為最大的嫌疑犯，大大減低雲迪斯曝露的危機。

八戒恍然大悟的說：「原來如此，大師兄厲害，但大師兄為甚麼你會知道晶石在吸塵機內。」

悟空雙眼一轉慢慢說道:「要知道晶石,本來是放置在大廳中間長頸款的玻璃瓶內,一般人沒有**工具**根本拿不到晶石,所以取得晶石最簡單的方法,其實是打破玻璃瓶,但是事實上,玻璃瓶並沒有被破壞,這說明了犯人是使用了特殊的工具,當我見到**吸塵機**再看到雲迪斯的身材後,我就明白犯人很可能是根本不夠力氣打破玻璃瓶,所以才使用工具,而現成的工具亦在眼前,結果果然如我所推測的一樣。」

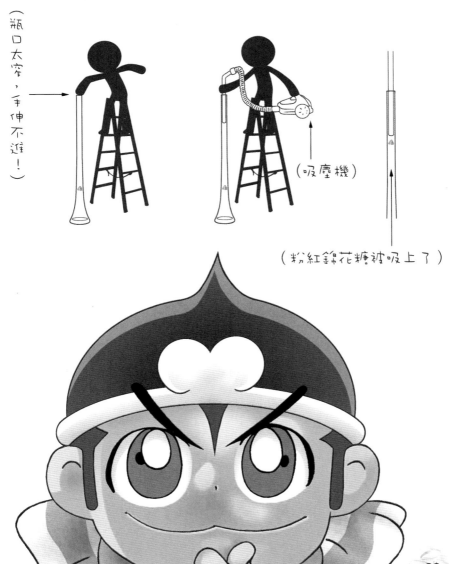

（瓶口太窄，手伸不進！）

（吸塵機）

（粉紅錦花糖被吸上了）

「辛苦您了，悟空先生。」卡夫先生對悟空說完後轉頭對溫蒂小姐道：「溫蒂小姐，你為甚麼要這樣做？**粉紅棉花糖**對你有甚麼意義。」

溫蒂小姐感歎道：「對不起！卡夫先生，這一句話是我欠大家的，悟空先生雖然你已經猜到了大部份的**案情**，不過我還是要講幾句，關係**性別**方面，是我騙了大家，其實我一直都是女性，最初是因為安全的問

題，才改扮成男性，到後來就因為不好意思開口而繼續扮作男性。

當然今次的事是我犯了**貪念**，三年前我就發現旅館中的芙明粉晶 — 粉紅棉花糖，其實並不是一般的芙明粉晶，而是發生了變異的芙明精石。芙明精石和一般的芙明粉晶最大的不同是，它是煉製固**顏藥劑**的重要原料，這三年來，每次來肯州我都有四出找尋其他的芙明精石，可惜的是除了粉紅棉花

糖，我找不到其他的芙明精石。

而今年我的研究已經結束，再來肯州的機會實在不多，為了芙明精石，我一時想不開，才會定下這樣的計劃，很對不起，我願意接受法律的**制裁**，溫蒂小姐雙手伸向前對卡夫先生說道。

卡夫先生拍了拍溫蒂小姐的肩頭說：「溫蒂小姐你是我們**重要**的朋友，人有時難免會想不透，這一次的事情就讓它過去吧！」

「卡夫先生，謝謝您了，」溫蒂小姐說。

「阿彌陀佛，卡夫先生你是一個有大智慧的人。」唐僧合手的說道。

「各位貴賓，時間不早了，就讓我們一齊去**慶祝**今年的自然落日節吧!」卡夫先生笑了笑做了個**邀請**的手勢。心滿意足向前離去。

後話

　　歡樂的氣氛充斥在卡華古堡的大廳中，就在星空照耀下眾人一面聊天，一面研究身前的各款美食時。

　　八戒走近悟空，邊飲紅酒邊一面不解的小聲向悟空問道：「大師兄，大師兄！你還未講為甚麼會知道雲迪斯先生是女扮男裝的？我想了一個晚上，到現在怎麼想都想不出，她那裡露出破綻？」

　　望了望和卡夫先生相談甚歡的唐僧，悟空小聲的對八戒說道：「你還記得來此界時，師傅曾經叫我們盡量不要使用法術嗎？」

　　「當然記得，師傅希望我們能盡量融入凡界，不要使用過多的法術，打擾到此地界的居民，和自然定律，不然我用法術，一早就可以讓他們自動講出真相。」八戒說道。

悟空點點頭說道：「所以我都沒有用法術，不過我有金精火眼，剛才只是一眼就看穿了雲迪斯的秘密。」

「吓！大師兄，這樣不是犯規了嗎？」八戒沖口而出的說道。

「八戒啊！八戒啊！你太死腦筋了，我又不是使用法術，金精火眼是我天賦的能力，更何況又沒有人發現，」悟空搖搖頭擺擺尾，邊走開邊說道。

八戒一臉無奈：「……」

解讀 吸塵機

吸塵機的原理是利用氣體製造部分真空來產生吸力，把灰塵吸走作清潔。時至今日，吸塵機已經是不少家庭的一種日常家電。

吸塵機由一位名叫休伯特·布思(Hubert Cecil Booth)的英國人於1901年左右發明。經過這幾十年改良，變成了現在普遍見到的設計和外觀。

一般吸塵機為避免異物及灰塵被吸入馬達，所以會裝上需更換的集塵袋。部分新款吸塵機則使用可清洗不需更換的濾網。近年，市面更有自動吸塵機的誕生，清潔期間不用人手操控，可自行在地板上自由走動自動吸塵，遇阻礙物時更會自動避開，待工作完成或電池將耗盡時自動返回充電座。

科技日新月異，未來的吸塵機會變成什麼樣呢？

回力標！

屈原投江

得物無所用

哇！

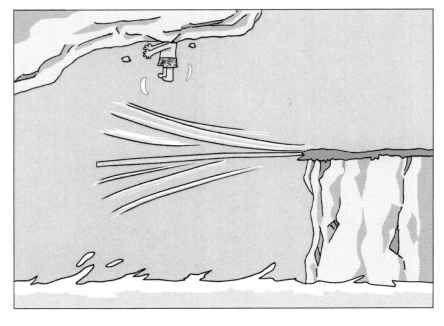

西遊記介紹

　　西遊記是中國「四大名著」之一，作者吳承恩字汝忠，號射陽山人或射陽居士，明朝淮安府山陽縣人，作品取材自真實的唐三藏往西天取經的過程，其中加入了大量神怪和幻想的元素。

　　雖然書名和故事看似神怪，但是卻並不是一般的鬼怪故事，反而是借此暗地裡表達了作者對當時社會普遍的不合理和科舉制度的不滿，不過當中亦加入了少量懲惡揚善教化人心的想法。

西遊記中最為人所熟悉當然就是唐僧、孫悟空、豬八戒、沙僧這四師徒。而故事亦講述他們一行前往西天取經所經歷的九九八十一難。當中因為唐僧的血肉法身引來妖魔的垂涎，而悟空一行人在危機之中，亦得到佛祖，菩薩、神仙的幫助而完成任務，得以成佛。是中國章回小說的代表作之一。

《 古堡的由來 》

　　古堡常見於歐洲不同國家，最初起源於公元 9 世紀至 10 世紀的歐洲不同小國。它早期作用是控制鄰近的地方，作為發動襲擊和對敵防禦的基地。除了軍事用途外，古堡還可以是行政管理的中心和權利的象徵。初期的城堡由泥土和木材建成，中央高塔為領主居住的地方，四周都建有矮牆。

從 13 世紀開始，在城堡居住的人開始研究以城牆作為更高防禦的可能性。至此，人們開始在城堡中建築塔樓，亦因為這原因，新的城堡常常呈多邊形。隨著歐洲開始減少發生大型戰爭，城堡的防禦功能更顯得不重要，而護城河設計亦逐漸由最初的防禦功能變成了一種權力象徵。城堡設計亦變得以能夠表達城主財富及實力等雄偉建築為中心，漫長蜿蜒的入口和多層的塔式建築便變得常見起來。

　　如果想看古堡，其實香港東龍島也有一個，大家知道嗎？

西遊探案

原　　著：吳承恩
繪　　畫：鄧本邦
內　　容：平慧 / 健樂
創作統籌：譚宇正
封面美術：輝
責任編輯：梓牽

出版：今日出版有限公司
地址：香港 柴灣 康民街 2 號 康民工業中心 1408 室
電話：(852) 3105 0332
電郵：info@todaypublications.com.hk
網址：http://www.todaypublications.com.hk
Facebook 關鍵字：Today Publications 今日出版

發行：泛華發行代理有限公司
地址：香港 新界 將軍澳工業村 駿昌街 7 號 2 樓
電話：(852) 2798 2220
網址：www.gccd.com.hk
出版日期：2017 年 7 月

印刷：大一印刷有限公司
電郵：sales@elite.com.hk
網址：http://www.elite.com.hk

圖書分類：兒童故事
初版日期：2017 年 7 月
ＩＳＢＮ：978–988–77609–4–8
定　　價：港幣 50 元 / 新台幣 240 元